M..... (A.)

35 | *Chambre des Commissaires-Priseurs*
*Envoi a la Bibliothèque Nationale*

1889 - Décembre 30

## VENTE EN PARTIE PAR CONTINUATION

HÔTEL DROUOT, SALLE N° 3

### Le Lundi 30 Décembre 1889, à 2 heures.

---

# BOIS SCULPTÉS

### Groupes — Statuettes — Hauts-reliefs

## MEUBLES

### DU XVI^e ET DU XVII^e SIÈCLE

Anciens Vitraux — Fers forgés — Faïences — Bronzes
Marbres — Tapisseries — Tapis

### *Objets décoratifs*

## Provenant de l'Hôtel de M. A. M.....

Porcelaines — Miniatures — Meubles
Gaines et Colonnes en marbre — Vins du château Ludon

---

| M^e ESCRIBE | M. A. BLOCHE |
|---|---|
| COMMISSAIRE-PRISEUR | EXPERT |
| 6, rue de Hanovre, 6 | 25, rue de Châteaudun, 25 |

---

## EXPOSITION PUBLIQUE

### LE DIMANCHE 29 DÉCEMBRE 1889

DE 1 HEURE 1/2 A 5 HEURES

## CONDITIONS DE LA VENTE

---

Elle sera faite au comptant.

Les adjudicataires payeront *cinq pour cent* en sus des enchères.

L'Exposition mettant le public à même de se rendre compte de l'état des objets, il ne sera admis aucune réclamation une fois l'adjudication prononcée.

Paris. — Imp. de l'Art, E. Ménard et Cⁱᵉ, 41, rue de la Victoire

# DÉSIGNATION DES OBJETS

---

## MINIATURES — ÉVENTAILS

1 — Jolie miniature : Portrait de femme de la fin de Louis XVI. Cadre en argent.

2 — Petite miniature Louis XVI : Portrait de femme avec fleurs dans les cheveux.

3 — Miniature : Portrait de femme en robe blanche décolletée. Époque de la Convention. Signée Reinhard.

4 — Miniature : Portrait de femme en robe violette décolletée.

5 — Miniature : Portrait de femme en costume du temps de Napoléon I$^{er}$. Cadre en cuivre.

6 — Miniature : Portrait de femme à sa toilette.

7 — Miniature : Tête de vieillard.

8 — Grande miniature carrée : Portrait de la

reine Marie-Antoinette, d'après M^me Vigée-Le Brun.

9 — Écrin en cuir garni de bronze doré, contenant sept portraits : Louis XVI, Marie-Antoinette, Madame Royale, le Dauphin, Madame Élisabeth, la princesse de Lamballe et la duchesse de Polignac.

10 — Miniature : Portrait de femme en costume Louis XVI.

11 — Bel éventail en ivoire sculpté, avec feuille peinte à la gouache.

12 — Éventail en nacre, avec feuille peinte à l'aquarelle sur soie.

13 — Autre éventail en nacre.

14 — Grande miniature carrée sur ivoire : Portrait de la reine Marie-Antoinette, d'après M^me Vigée-Le Brun. Cadre en bronze doré.

# TABLEAUX — AQUARELLES

15 — **Deken (A. de)**. Italienne à la fontaine. Aquarelle.

16 — **Granet**. Une Rue avec vue de maisons en perspective.

17 — **Inconnu**. Musiciens italiens.
Tête de vieillard.

18 — **Rousseau** (Attribué à **Th**.). Paysage avec mare. Signé à gauche : *T. R.*

19 — **École hollandaise**. Cartouche représentant Ariane tenant une coupe dans laquelle des amours pressent des raisins, et entouré de fleurs.

20 — **École hollandaise**. Corbeille de fleurs. Peinture sur ardoise.

## FERS FORGÉS — BRONZES

21 — Portemanteau en fer forgé.

22 — Marteau de porte en fer forgé.

23 — Sonnette ancienne en fer forgé.

24 — Boîte en étain. xviie siècle.

25 — Deux grands landiers avec pelles et pincettes en fer. xvie siècle.

26 — Porte en fer forgé. Époque Renaissance.

27 — Petit pupitre en fer. xviie siècle.

28 — Quatre suspensions à gaz, en fer forgé.

29 — Trois lampes romaines en bronze vert.

30 — Deux jardinières en bronze du Japon.

31 — Deux vases en cuivre.

32 — Encrier en faïence de Deck, monté en bronze.

## VITRAUX

33 — Deux vitraux de couleur : portraits de saints, sur fond polychrome.

34 — Fenêtre à deux vantaux, à fond en verre dépoli, enchâssant quatorze petits vitraux anciens ronds ou ovales.

35 — Fenêtre enchâssant vingt-quatre petits vitraux anciens pour la plupart, de forme ronde, ovale ou oblongue.

36 — Trois petits vitraux anciens, de forme oblongue, représentant des scènes de tournois.

## FAÏENCES, PORCELAINES, BISCUITS,
### OBJETS DIVERS

37 — Service à thé en Wedgwood, composé de : une théière, un pot à crème, un sucrier, deux tasses et un plateau.

38 — Deux cache-pots en Wedgwood.

39 — Vase en Wedgwood.

40 — Tasse et soucoupe en porcelaine décorée·

41 — Moutardier en grès, monté en argent.

42 — Petit plat creux au centre, décor à reflets métalliques, offrant au milieu l'inscription : MIDEIA·B. xvi^e siècle.

43 — Petite assiette de Deruta, décor mordoré dit couronne. xvi^e siècle.

44 — Bouquetière et deux verres de Venise.

45 — Gros vase en faïence italienne, décor à feuillages et inscriptions.

46 — Groupe en porcelaine de Saxe.

47 — Joli pitong en ivoire sculpté. Travail chinois.

48 — Petite carabine de chasse.

49 — Beau coffret en porphyre, monté en bronze.

50 — Poignard, monture en ivoire.


## MEUBLES, BOIS SCULPTÉS, MARBRES

51 — Remarquable maître-autel d'aspect architectural en bois sculpté et doré, offrant dans

des niches des figures de Christ, de la Vierge
et des saints, rehaussées de peintures, ainsi
que les cariatides et statuettes de chérubins
ornant le monument. Fin du xvie siècle.

52 — Groupe en bois sculpté et doré : apôtre
portant sur le bras gauche la Vierge et l'En-
fant et présentant de la main droite un ostensoir et une gourde. xviie siècle.

53 — Beau lit de milieu, partie en bois de noyer
mouluré, partie en ancien fer forgé. Le fond,
en bois de noyer à compartiments, est sur-
monté d'un fronton composé de délicats
enroulements de feuillages et de fleurs en fer
forgé entourant un cartouche ovale de fer
forgé qui porte en relief le mot : TACE.
Quatre colonnes de fer forgé supportent le
dais. Le devant est composé de six colon-
nettes en fer ancien forgé. Le dais est formé
d'un ciel de lit en peluche rouge, garni d'une
tenture de fond analogue et de trois pentes
extérieures en ancien velours de Gênes fond
rose, à petits dessins à rehauts de velours et
de soie crème, le tout garni de franges an-
ciennes à grilles rouges et bouton d'or termi-
nant les pentes et accompagnant le bas du lit.
Six rideaux d'ancien velours de Gênes à
grands dessins, encadrés de peluche rouge

avec franges et embrasses, complètent la tenture du lit.

54 — Table en noyer, pieds à colonnes, entrejambes à rayons pour supporter des cartons. Style XVIᵉ siècle.

55 — Quatre chaises à dossier carré, couvertes en velours rouge, garnies de clous de cuivre et de franges Henri II.

56 — Horloge avec cage en chêne sculpté. Époque Louis XVI.

57 — Dressoir en chêne sculpté. Époque Louis XVI.

58 — Grand bahut en chêne sculpté. Époque Louis XIII.

59 — Petit pupitre forme écran en acajou.

60 — Grande glace biseautée avec cadre en bois noir à fronton, fond de glace avec ornements et moulures en cuivre repoussé. Style Louis XIII.

61 — Petit bureau bonheur-du-jour en marqueterie de bois, dessin fleurdelisé, poignées en cuivre, dessus en marbre fleur de pêcher. Époque Louis XVI.

62 — Deux vitrines d'applique en bois noirci.

63 — Grande glace encadrée de panne rouge.

64 — Buffet à deux corps en bois sculpté. Époque Louis XV.

65 — Deux groupes d'appliques en bois sculpté : femmes et dauphins. xvi⁰ siècle.

66 — Bas-relief de trois figures : le Christ et deux disciples ; bois sculpté. xvii⁰ siècle.

67 — Bas-relief de trois figures : Vierge en prière et deux guerriers. xvii⁰ siècle.

68 — Deux hauts-reliefs : scènes du Nouveau Testament. xvii⁰ siècle.

69 — Deux bustes de reines, bois sculpté, formant reliquaires. xvi⁰ siècle.

70 — Deux portes en bois sculpté avec quatre panneaux : Portraits de saints. xvii⁰ siècle.

71 — Statuette en bois sculpté représentant un évêque. xvi⁰ siècle.

72 — Groupe en bois sculpté : la Sainte Famille. xvii⁰ siècle.

73 — Applique en bois sculpté représentant la Charité. xvii⁰ siècle.

74 — Deux panneaux en bois : Portraits de saintes. xvii⁰ siècle.

75 à 88 — Quatorze statuettes et groupes en bois sculpté, personnages du Nouveau Testament, xvi<sup>e</sup> et xvii<sup>e</sup> siècles. (Sera divisé.)

89 à 91 — Trois grandes statuettes en bois sculpté : Saints et Saintes. xvii<sup>e</sup> siècle.

92 — Deux figures d'appliques : Saintes portant l'ostensoir et la châsse. xvii<sup>e</sup> siècle.

93 — Buste-reliquaire de moine, en bois sculpté sur console. xvi<sup>e</sup> siècle.

94 — Commode en bois rose, ornée de bronzes.

95-96 — Deux paravents japonais en soie.

97 — Paire de colonnes style Louis XVI en marbre jaune de Sienne ; autour du ffit, des cannelures dorées coupées de moulures rouges. — Haut., 1 m. 10 cent.

98 — Paire de gaines, style Louis XIV, en marbre blanc et levanto avec appliques. — Haut., 1 m. 9 cent.

99 — Deux petites colonnes carrées en marbres différents. — Haut., 41 centimètres.

100 — Piano droit en palissandre.

101 — Deux fauteuils Louis XV.

102 — Console Empire en acajou, ornée de bronzes dorés.

103 — Deux chaises en noyer sculpté, couverture en tapisserie à la main.

104 — Tabouret à X, en noyer sculpté, couvert en tapisserie.

105 — Commode en palissandre et marqueterie de bois, ornée de bronzes Louis XV.

106 — Toilette en acajou, à filets de cuivre. Louis XVI.

107 — Fauteuil en bois doré Louis XV, recouvert en soierie à fleurs.

108 — Glace, cadre en bois gravé, peint et doré,

109 — MARBRE. Femme agenouillée, en prière, sur socle en fer. XVIIe siècle.

110 — MARBRE. Applique représentant Vénus couronnant l'Amour.

111 — Colonne en marbre noir, avec support en marbre blanc.


## TAPISSERIES — TAPIS

112 — Tapisserie du temps de Louis XIII.

113 — Bordure de tapisserie Louis XIII.

114 — Portière en tapisserie verdure, avec bordure.

115 — Portière en tapisserie verdure.

116 — Tapis d'escalier de deux étages, quarante-quatre marches, fond bleu à fleurs.

117 — Tapis de moquette, dessin à palmes couleur mousse, ton sur ton. 35 mètres, environ.

118 — Tapis analogue, plus petit.

119 — Tapis fond orange, à médaillons de fleurs.

120 — Deux tapisseries verdure, doublées en granite rouge.

121 — Convre-pieds en satin, fond jaune.

## VINS

122 — Cent cinquante bouteilles de vin de Château-Ludon 1881 (en caisses de cinquante bouteilles.

www.ingramcontent.com/pod-product-compliance
Lightning Source LLC
LaVergne TN
LVHW021612170726
843501LV00010B/4004